# 50 KLANG-FARBEN

CARIN REITERER    CARIN REITERER VERLAG

Bibliografische Information Der Deutschen Bibliothek

Die Deutsche Bibliothek verzeichnet diese Publikation
in der Deutschen Nationalbibliografie; detaillierte
bibliografische Daten sind im Internet über
http://dnb.ddb.de abrufbar.

Originalausgabe
Copyright ©2009 by Carin Reiterer
Umschlaggestaltung: Carin Reiterer
Satz: Carin Reiterer
Printed in Germany
ISBN 978-3-9811541-5-3
Herstellung: Books on Demand GmbH, Norderstedt

# UNSER LEBEN

Symphonie
der
Klänge
und
Farben
das
ist
UNSER
LEBEN
hier
auf
Erden

Engel

Ob
arm
oder
reich
-Alle
Engel
fallen
weich!

Ob
gewöhnlich
oder
apart
-Kein
Engel
fällt
hart!

# Himmel und Hölle

Ich
möchte
durch
Dein
Lachen
und
Weinen
Himmel
und
Hölle
vereinen

## Lange Zeit

Ich
habe
Dich
mein
Leben
lang
gesucht...

Wo
warst
Du
nur
so
lange
Zeit?

Heilen


Laß
mich
die
Wunden
heilen
die
das
Leben
Dir
schlägt

## Schöne Lügen

Du
machst
mir
Komplimente
und
ich
glaube
sie
im
Nu
denn
niemand
lügt
so
schön
wie
Du

# Spiegel und Spiegelbild

Ich
möchte
Dein
Spiegel
sein
der
das
Leuchten
Deiner
Augen
widerspiegelt

Ich
möchte
Dein
Spiegelbild
sein
das
das
Leuchten
Deiner
Augen
einfängt

*Ich wünsche mir*

Ich
wünsche
mir
daß
wir
uns
finden
und
uns
nie
mehr
aus
den
Augen
verlieren

## Dein Blick

Ich
vermisse
Deinen
Blick
der
mich
berührt
der
mich
verführt
und
mich
nie
aus
den
Augen
verliert

*Ganz einfach so*

Du
hast
mir
einfach
in
die
Augen
gesehen
und
ich
begann
zu
verstehen

## Ein Herz und eine Seele

Ich
habe
in
Deine
Seele
geblickt
und
Liebe
in
Dein
Herz
geschrieben

Tief

Ich
möchte
tief
in
Deine
Seele
sehen
den
Weg
mit
Dir
gemeinsam
gehen

# Zerbrechlich

Ich
schenke
Dir
mein
Herz
und
hoffe
Du
zerbrichst
es
nicht

# Nichts und niemand

Ich
warte
auf
den
Tag
an
dem
nichts
und
niemand
mehr
zwischen
uns
steht

## Endlose Liebe

Laß
uns
unsere
Gefühle
an
uns
selbst
verschwenden
denn
unsere
Liebe
soll
nie
enden

## Verlieren, suchen und finden

Ich
wollte
mich
nicht
in
Dir
verlieren
und
habe
Dich
verloren

Nun
suche
ich
Dich
und
finde
auf
dem
Weg
vielleicht
mich

# Wege

Irgendwann
werden
wir
uns
aus
dem
Weg
gehen
und
uns
nicht
mehr
im
Weg
stehen

# Gedanken an Dich

Sie
sind
wieder
da
sie
verfolgen
mich
sie
lassen
mich
nicht
los
und
nicht
im
Stich
die
Gedanken
an
Dich

## Herzen und Seelen

Herzen
brechen
Seelen
erkalten
so
viel
versprochen
so
wenig
gehalten

# Rote Rosen

Ich
weine
um
die
roten
Rosen
die
Du
mir
nie
geschenkt
hast
ungeschenkt
verwelken
sie
in
mir

# Verwelkte Rose

Für
mich
warst
Du
nicht
bereit
eine
verwelkte
Rose
ist
alles
was
mir
von
Dir
bleibt

Für
uns
warst
Du
nicht
bereit
nun
ist
unser
Pflänzchen
der
Liebe
verdorrt
für
alle
Zeit

## Aufgeblüht und verblüht

Unsere
Liebe
ist
verblüht
ohne
je
aufgeblüht
zu
sein

# FARBENMEER

Meine
Liebe

zu

Dir

taucht

meine

Welt

in

ein

FARBENMEER

# REGENBOGEN

Du
bist
wie
ein
## REGENBOGEN
und
vereinst
alle
Farben
in
Dir

# Aufgelöst

Wenn
ich
Dir
tief
in
die
Augen
blicke
löst
Du
Dich
in
Luft
auf
und
verschwindest
im
Nichts

# Nicht standhaft

Du
kannst
mir
nicht
in
die
Augen
sehen
hältst
meinem
Blick
nicht
stand

## Dunkle Geheimnisse

Du
verbirgst
dunkle
Geheimnisse
in
Dir
und
versteckst
diese
sorgfältig
vor
mir

# Jedes Geheimnis

Ich
lüfte
jedes
Geheimnis
schneller
als
Dir
lieb
ist

## Deine Welt

Ich
fühle
mich
von
Dir
betrogen
denn
Deine
Welt
war
nur
erlogen

Dreist

Fassungslos
stehe
ich
vor
Dir
und
kann
es
fast
nicht
glauben

Du
lügst
und
siehst
mir
dabei
auch
noch
in
die
Augen

## Ausgewichen

Wenn
ich
Dir
in
die
Augen
schaue
weichst
Du
mir
aus
und
senkst
den
Blick

## Schlechtes Gewissen

Ich
erahne
Dein
schlechtes
Gewissen
hinter
Deinen
niedergeschlagenen
Augen

Flucht


Du
hast
die
Flucht
ergriffen...

Vor
Dir
oder
vor
mir?

Oder
sogar
vor
uns
beiden?

## Verloren

Als
Du
fortgingst
habe
ich
verloren
was
ich
nie
hatte

# Abgetaucht

Du
bist
abgetaucht

ins
Nichts
ohne
jemals
zu
halten
was
Du
mir
versprichst

## Das gewisse Nichts

Du
hältst
nicht
was
Du
mir
versprichst
und
Dein
Blick
verliert
sich
im
Nichts

Verbrannt und verbannt


Du
hast
mir
die
längste
Zeit
meine
Seele
verbrannt

Ich
habe
Dich
schon
längst
aus
meinem
Herzen
verbannt

# Vergangen

Vergangen
sind
unsere
sonnenhellen
Tage
jetzt
stehen
wir
nur
noch
in
unserem
Schatten

# Gebrochene Flügel

Die
Flügel
meiner
Liebe
sind
gebrochen

Sie
fliegen
nicht
mehr
zu
Dir

Zu viele Tränen

Zu
viele
Tränen
sind
geflossen

Zu
viele
Tränen
wurden
vergossen

Frieren


Du
bist
gegangen
ohne
Dich
umzudrehen

Hier
stehe
ich
nun
und
friere

# Meine Gedanken

Meine
Gedanken
halten
mich
gefangen

Sag
warum
bist
Du
fortgegangen

## Unser Abschied

Du
bist
gegangen
und
mir
wurde
erst
später
klar
daß
dies
schon
unser
Abschied
war

# Wieder allein

Alle
Pläne
verworfen
alle
Pläne
über
Bord
geworfen

Wieder
allein

# Gefangen in Erinnerungen

Du
bist
fortgegangen
nun
halten
mich
meine
Erinnerungen
an
Dich
gefangen

## Meine Trauer

Du
bist
fort
und
ich
versinke
in
meiner
Trauer
um
Dich

## Schicksal und Schmerz

Wenn
ich
Dich
nur
eine
ganz
kurze
Zeit
nahe
bei
mir
gehabt
und
Dich
dann
wieder
verloren
hätte
hätte
ich
das
Schicksal
und
den
Schmerz
angenommen

Ewigkeit

Wenn
Raum
und
Zeit
entschwinden
beginnt
die
Ewigkeit

# FARBENFROH

Wenn ich
Dir begegne
sehe ich
ROT
denn wir
sind uns
nicht
GRÜN
vor Neid
und Mißgunst
bist Du
GELB
und
vor Kummer
bin ich
BLAU
meine Brille
war
einmal
ROSAROT
jetzt ist
meine Welt
leider
GRAU
für
unsere Zukunft
sehe ich
SCHWARZ
vielleicht ist
der letzte Versuch
mal wieder
LILA